GESCHICHTEN

VON

DEM TRAUMLAND

VOL. 2

VON

ANTHONY OKECHUKWU EZEKWU

WIDMUNG

An alle meine guten Freunde und Familie, die mir durch dick und dünn zur Seite standen.

INHALTSVERZEICHNIS

EINFÜHRUNG

Als ich an einem kalten Abend in der Weihnachtszeit auf meinem Stuhl in meinem Arbeitszimmer saß und über den nächsten Band meiner "Geschichten aus dem Traumland" nachdachte, kam mir die Beerdigungsmesse für einen jungen Mann in den Sinn, der bei einem tragischen Autounfall ums Leben in Nigeria gekommen war. Ich dachte an das Leben und alles, was es beinhaltet...

Das Leben ist in der Tat ein Mysterium/Geheimnis! Es ist voll von Höhen und Tiefen. Entweder Man steigt auf oder Man steigt ab. Es ist in der Tat eine existenzielle Reise, auf der wir auf viele natürliche und vom Menschen geschaffene Hügel entlang der Straßen treffen. Für manche Menschen sind die Hügel Hindernisse, die sich nicht bewegen lassen oder zu schwer zu überwinden sind. Daher geben sie die Reise auf. Andere wiederum nehmen diese Hügel gar nicht wahr, und selbst wenn sie sichtbar werden, verwandeln sie sie in Sprungbretter, die zu Größe führen.

Das Leben kann freundlich oder hart sein, je nachdem, in welcher Position oder in welchem Zustand man sich gerade befindet. Es ist ein ständiger Kampf von der Geburt bis zum Tod. Entweder kämpft man ums Überleben oder man kämpft darum, seine überlebte Position zu behalten. Der Kampf ums Überleben ist besonders in unserer sich ständig verändernden Welt rätselhaft und vielschichtig. Man kämpft gegen Armut, Ungerechtigkeit, schlechte Regierung, Hunger, Unterdrückung, fehlende Basisinfrastrukturen, Krankheiten, Naturkatastrophen usw. Andererseits kämpft man auch gegen Feinde des Fortschritts, die sich oft in Form von Verwandten, Nachbarn und Freunden manifestieren. Manchmal kann es sich auch um einen direkten geistigen Kampf mit den Fürstentümern und okkulten Mächten handeln, die Agenten der Finsternis sind. Oft endet dieser Kampf mit dem Tod des Einzelnen. Das Leben ist auch voll von Geschichten, die es zu erzählen gibt. Manche machen ihre Lebensgeschichten sehr gut und interessant, während andere die Geschichten abstoßend und uninteressant machen. Als Autoren unserer Lebensgeschichten haben wir täglich die Möglichkeit, unsere eigenen Geschichten für die Nachwelt zu verbessern.

Ein leises Klopfen an der Tür holte mich in die Realität zurück. Ich hatte meinen Kopf auf den Tisch gelegt und war etwa dreißig Minuten lang eingenickt, während ich noch meditierte. Die Dunkelheit war bereits hereingebrochen, und das Summen der Mücken erinnerte mich an eine weitere Nacht mit unruhigem Schlaf. Ich hörte wieder das Klopfen.

Ich stand träge vom Stuhl auf und öffnete aus Neugierde die Tür. Aber es war niemand an der Tür zu sehen. Vielleicht ist es ein Geist, dachte ich mir achselzuckend. Ich zündete einfach meine Kerze an und machte es mir auf meinem Sofa gemütlich, um die Abendnachrichten zu hören, so wie ich es in den letzten drei Jahren, in denen ich in diesem Dorf stationiert war, fast jeden Abend getan hatte. Mein Generator hatte ein Problem entwickelt, und ich hatte mich bereits an die Dunkelheit im Dorf gewöhnt. Ich war zu faul, um in die Küche zu gehen und das Abendessen vorzubereiten. Amos (der kleine Junge, der bei mir wohnt) war noch nicht von dem Botengang zurück, den ich ihm zum Haus des Katecheten geschickt hatte.

Später am Abend ging ich in mein Arbeitszimmer zurück, um weiter über die Träume nachzudenken. Als ich begann, dieses Buch zu schreiben, verursachte der Schreck meines letzten Traums eine Gänsehaut in meinem Gesicht. Ich war fast lebendig begraben! Ich wünsche mir, in den Himmel zu kommen, aber ich möchte wirklich noch nicht sterben. Ich möchte Euch lieber die Geschichte lesen lassen. Wie üblich ist dieses Buch mit verschiedenen interessanten Geschichten verpackt, die Ihre Augen fesseln könnten, bis Sie die letzte Seite umblättern.

Vergesst jedoch nicht, dass die Figuren und Namen in den Geschichten frei erfunden sind und jede Ähnlichkeit mit der Realität nur zufällig ist. Lehn dich gemütlich zurück und reise mit mir in mein Traumland.

ZERSTÖRTES BEGRÄBNIS

Es war ein schöner Freitagabend, und ich hatte gerade mein köstliches Abendessen aus Bohnen und reifen Kochbananen beendet. Mein Magen war schwer. Der Abend war perfekt, und ich lag einfach auf meinem Bett, um dem Schlaf nachzugeben, der meine Augen überfiel. Zuerst war es ein normaler Schlaf, bis ich wenige Minuten vor Mitternacht ein taubes und kaltes Gefühl auf meinem Körper spürte. Instinktiv versuchte ich, aufzustehen und meinen Pullover anzuziehen, aber mein Körper weigerte sich, sich zu bewegen. Meine Beine und Hände waren steif, ich konnte sie nicht bewegen. Ich versuchte, um Hilfe zu rufen, aber meine Lippen wollten sich nicht bewegen. Ich bekam Angst, weil ich wusste, dass etwas mit mir geschah, aber ich konnte nicht sagen, was es war.

"Dies ist nur ein Traum, und ich werde bald aufwachen", tröstete ich mich. Im Stillen betete ich, dass es bald Morgen wird, damit ich aus diesem Albtraum aufwachen kann. Alles war still, bis auf das Heulen der Eulen und vielleicht das Zirpen der Grillen. Wenigstens bin ich noch nicht tot, denn ich kann diese Geräusche deutlich hören. Meine Gedanken schweiften noch immer zu verschiedenen Themen ab, als ich in den Schlaf fiel.

Ein sanftes Klopfen an meiner Tür holte mich aus dem Schlummer zurück. Es klopfte erneut, diesmal etwas fester. Ich versuchte, mich aus dem Bett zu bewegen, aber mein Körper gab immer noch nicht nach. Ich versuchte zu sprechen, aber kein Ton kam über meine Lippen. Könnte es sein, dass ich tot bin?

"Gott bewahre!" Ich hatte den Gedanken an den Tod schnell wieder verworfen. Die Menschen hatten sich bereits zur täglichen Morgenmesse und zur Anbetung der heiligen Eucharistie versammelt. Es war halb sieben Uhr morgens und die Gemeinde wurde langsam unruhig. Ich war bereits dreißig Minuten zu spät, und in meinem Zimmer rührte sich nichts mehr. Das war ungewöhnlich. Das leise Klopfen an meiner Tür wurde bald härter, denn aus meinem Zimmer kam keine Antwort. Mein junger Seminarist für apostolische Arbeit wurde hysterisch. Sogar der Katechet hatte sich der kleinen Versammlung vor meiner Tür angeschlossen. Die neugierige Versammlung hatte aufgehört zu singen. Panik machte sich breit, als klar wurde, dass es in meinem Zimmer kein Lebenszeichen gab.

"Lauf und ruf einen Schreiner...!"

"Bring einen Hammer mit!"

"Warte, lass uns die Tür aufbrechen".

Ich konnte die Stimmen hören, die hysterisch schrien und Anweisungen gaben, während sie sich bemühten, in mein Zimmer einzubrechen. Ich lag regungslos auf meinem Bett, lauschte und betete, dass sie die Tür schnell aufbrechen und mich aufrichten würden, da es nun offensichtlich war, dass ich nicht nur träumte.

Es war eine Erleichterung, als der Schreiner eintraf und begann, das Schloss aufzustemmen. Es dauerte nicht lange, bis die Tür unter dem heftigen Schlagen des Hammers auf den Meißel nachgab. Es herrschte erneut Verwirrung, als diejenigen, die in mein Zimmer gestürmt waren, regungslos und entsetzt vor meinem leblosen Körper standen. Aus dem Munde der Umstehenden kamen die unterschiedlichsten Ausrufe. Einige Frauen, die sich auf dem Gelände versammelt hatten, begannen zu jammern wie die Frauen von Jerusalem.

"Lasst uns ihn schnell ins Krankenhaus bringen..."

"Aber wo ist der Schlüssel zum Auto?"

"Warte, lass uns erst den Bischof anrufen."

"Aber ich habe kein Guthaben auf meinem Telefon..."

"Nimm mein Telefon."

"Wo ist die Nummer des Bischofs?"

"Schauen Sie im Diözesanverzeichnis nach"

"Bitte nehmen Sie die Hände, wir heben ihn hoch".

"Ist er tot?"

"Ich weiß es nicht, bringen wir ihn schnell ins Krankenhaus".

"Welches Krankenhaus?"

Auf diese Frage nach dem Krankenhaus gab es keine Antwort. Ich konnte jedes Gespräch um mich herum hören, aber alle meine Bemühungen, meinen Körper zu bewegen oder einen Laut von mir zu geben, blieben erfolglos. Bald darauf wurde mein scheinbar lebloser Körper in das Krankenhaus gebracht. Die Ärzte und Krankenschwestern waren in heller Aufregung, als sie erfuhren, dass ich ein Priester war. Mein Körper wurde in einen großen Raum gebracht, in dem viele starke Lichter auf mich gerichtet waren. Der Raum war sehr groß, und trotz der Lichter war es kühl. Es sah aus wie ein Theater, und ich dachte, der Arzt würde mich operieren. Nach dreißig Minuten des Streichelns und der Untersuchung meines Körpers bestätigte der Arzt meine schlimmsten Befürchtungen. Er sagte, ich sei tot. Was nun? Wahrscheinlich warteten sie darauf, dass der Bischof oder der Generalvikar kam, um meinen Körper zu sehen, bevor sie mich in die Leichenhalle schickten.

Innerhalb von dreißig Minuten nach meiner Ankunft im Krankenhaus verbreitete sich die Nachricht von meinem Ableben an vielen Orten in nah und fern. Der Bischof kam prompt im Krankenhaus an und sah überrascht aus. Viele Priester und einige enge Freunde und Gemeindemitglieder waren ebenfalls anwesend. Ich konnte ihre flüsternden Stimmen aus dem Raum hören, in dem mein Leichnam aufbewahrt wurde. Nach einer kurzen Beratung wurde vereinbart, dass ich sofort beerdigt werden sollte. Der Bischof verkündete dies den anwesenden Priestern und ging weg, ohne meinen Leichnam zu sehen.

Während ich regungslos auf dem harten Bett lag und den Kommentaren und Bewegungen um mich herum lauschte, betete ich im Stillen, dass Gott mich aufwecken und diesem Albtraum ein Ende bereiten möge. Ich fragte mich, wie sich meine Eltern fühlen würden. Sicherlich müssen sie am Boden zerstört sein. Jetzt konnte ich nichts mehr tun, um die Situation zu verbessern, außer zu beten.

Bald wurde ich schläfrig und schlief ein. Ich muss einen ganzen Tag lang geschlafen haben, und zwar sehr tief. Mein Kopf schmerzt sehr. Mein Körper hatte den ganzen Tag auf einem langen, harten Bett ohne Kissen gelegen. Schon bald kamen Autos in der Leichenhalle an, mit vielen Leuten, die meine Leiche sehen wollten. Wahrscheinlich wollten sie sich vergewissern, dass die schockierende Nachricht wahr war. Ich hörte zufällig, wie einer der Leichenbestatter Anweisungen zu den Dingen gab, die benötigt wurden, um meinen Körper für die morgige Beerdigung vorzubereiten. Es war zu plötzlich! Ich fragte mich immer wieder, warum der Bischof mich sofort beerdigen wollte. Hatte ich ihm etwas angetan? Oder hatten die Ärzte eine Epidemie um meinen Körper herum entdeckt? Ich hatte den Eindruck, dass sie meinen Tod bereits geplant hatten, bevor ich überhaupt gestorben war. Dieses Gefühl brachte mich dazu, Tränen zu vergießen.

Zwei Leichenbestatter kamen in den Raum, in dem ich lag, und begannen behutsam, mir alle meine Kleider auszuziehen. Sie waren gekommen, um mich für die Beerdigung vorzubereiten und mich in die priesterlichen Gewänder von Soutane, Albe, Stola und Chaussee zu kleiden, als würde ich gleich eine heilige Messe feiern. Sie unterhielten sich angeregt über ein ähnliches Begräbnis eines Priesters, dem sie beigewohnt hatten. Wie sie aßen und aßen, bis kein Platz mehr im Magen war. Wie sie sogar mit einigen Flaschen Bier und Starkbier nach Hause gingen. Ich konnte alles hören, was sie sagten.

Mit kaltem Wasser wischten sie meinen Körper ab und säuberten mich. Dann zogen sie mir alle priesterlichen Gewänder an, die die Diözese zur Verfügung gestellt hatte. Behutsam hoben sie meinen Körper hoch und legten mich in einen sehr schönen Sarg. Das Innere war bequem wie ein Bett; es war gut mit Schaumstoff gepolstert, aber nicht geräumig. Ich war auf dem Weg nach Hause, um meine letzte Reise auf Erden anzutreten, obwohl ich noch am Leben war.

Das Dröhnen der Sirene des Krankenwagens machte die Sache noch schlimmer. Hier bin ich in einer kleinen Kiste, die Sarg genannt wird und die mein Zuhause bleiben wird, bis Christus kommt. Ich begann an all die Dinge und Menschen zu denken, die ich zurücklassen würde, meine persönlichen Gegenstände in meinem Zimmer, meine Familienmitglieder, Freunde und Gemeindemitglieder. Ich begann mir zu wünschen, dass ich die Möglichkeit hätte, zurückzukehren und viele Dinge wieder in

Ordnung zu bringen. Zumindest in bestimmten Bereichen, in denen ich einen falschen Fuß gesetzt hatte, Wiedergutmachung zu leisten.

All die Träume, die ich gerne verwirklicht hätte. All die Chancen, die ich vertan habe. Die wenigen Gelegenheiten, bei denen ich leichtsinnig gewesen bin. Mir ist gerade klar geworden, dass ich wirklich eine zusätzliche Zeit auf der Erde brauche. In der Tat war ich mir nicht sicher, ob ich für diese letzte Reise bereit war.

Die Schreie und das Weinen der meisten Frauen brachten mich auf den Boden der Tatsachen zurück. Ironischerweise stand meine Beerdigung bevor, doch ich war nicht tot. Mir taten all diejenigen leid, deren Stimmen ich hören konnte. Ich fragte mich, wie viele von ihnen von meinem Tod aufrichtig berührt waren. Einige tauschten sogar noch Höflichkeiten aus und lachten in der Kirche, kurz bevor mein Leichnam in die Kathedrale gebracht wurde. Sie waren in der Tat nicht beunruhigt über meinen Tod. Die Beerdigung ist für solche Menschen ein notwendiges Ritual, das für die Toten durchgeführt werden muss. Danach geht das Leben weiter. Nun ja, man sagt ja oft: "Wenn der Leichnam eines anderen Menschen getragen wird, ist er immer wie ein Holzscheit", hatte ich mir zum Trost gedacht. Die Beerdigungsmesse begann, und ich hörte, wie der Chor eine dieser Eingangshymnen für die Beerdigung sang. Ich fragte mich, wie viele Bischöfe anwesend waren. Was ist mit den Priestern und Ordensschwestern? Alle meine Freunde aus dem Priesterseminar müssen auch Teil der Gemeinde gewesen sein. Was ist mit meinen Gemeindemitgliedern, meinen Klassenkameraden im Priesterseminar? Die Liste muss offensichtlich endlos sein. An diesem Punkt konnte ich nichts anderes tun, als mein Schicksal zu akzeptieren. So ist meine existenzielle Reise zu Ende gegangen. Bald werde ich unter der Erde begraben werden, und dann werde ich allmählich sterben. Die übliche lange Prozession von der Sakristei zum Altar hatte begonnen, und der Chor stimmte den beliebten Hymnus "Es ist gut... mit meiner Seele, es ist gut... mit meiner Seele!" an. Ich fragte mich, wie viele Priester in dieser Prozessionsreihe waren. Ich stellte mir nur vor, wer als nächster sterben würde. Aber der Gedanke, dass ich noch am Leben war, ließ mich einen neuen Kampf beginnen, um vom Sarg aufzustehen.

Die Hymne des Chors wurde deutlicher, und ich hörte die Stimme meines Seminaristen, der mich rief, um mir mitzuteilen, dass ich zu spät zur Morgenmesse käme. Ich sprang von meinem Bett auf und stellte zu meinem größten Erstaunen fest, dass ich noch am Leben war. Gott sei Dank war das alles nur ein Traum! Der Chor sang immer noch, und die Gemeinde wartete geduldig auf mich, um die normale Morgenmesse zu feiern. Ich danke Gott, dass es nicht die Totenmesse war, sondern eine normale Werktagsmesse. Ich bin in der Tat froh, noch am Leben zu sein, denn ich hatte schon einen kleinen Vorgeschmack auf ein Begräbnis, aber Gott sei Dank war es ein Scherbenbegräbnis!!! In der Tat sind viele halb tot begraben worden.

Habt keine Angst! Kommen wir zur nächsten Geschichte und sehen, wie ich eine wunderbare Erfahrung gemacht habe, die mein Leben von der Grube zum Palast verändert hat. Du wirst es nicht glauben, ich habe drei Millionen Naira gewonnen! Fragt mich nicht wie, lest einfach die Geschichte.

MEIN LOTTERIE

Das Leben könnte man als einen schönen Garten mit Pflanzen und Bäumen aller Art betrachten. Einige sind unfruchtbar, während andere mit Früchten beladen sind. Andere sind mit herzerwärmenden Blumen geschmückt, die sich vermischen, sich unterhalten und vor Freude in der sanften Brise tanzen; es wimmelt von Leben, Vögeln und Tieren. Sie aber folgen den Gesetzen der Natur und gedeihen. Sie kümmern sich, umarmen sich, reichen sich die Hand, sorgen füreinander und Gott sorgt für sie. Es herrscht Harmonie. Natürlich sind sie den Stürmen und dem Stress der Zeit ausgesetzt, und wie jeder andere Mensch auch, zahlen sie ihren Tribut.

Meinen eigenen Tribut an Entbehrungen im Leben habe ich gezahlt, vor allem in Bezug auf die Unbemittelt Heit. Man hat mir beigebracht (ich weiß nicht mehr, wer es mir beigebracht hat), dass eine Glatze ein Zeichen für finanziellen Segen ist. Nun, mein verstorbener Vater hatte eine Glatze, und er war nicht reich. Ich habe auch eine und bin noch nicht reich (ich hoffe, dass ich eines Tages sehr reich sein werde). Als ich zwölf Jahre alt war, bin ich mehrere Kilometer zu Fuß gelaufen und habe Eiswasser, Orangen, Bananen, gebratene Bonbons oder Erdnüsse in verschiedene Zeit verkauft. Manchmal mussten wir weit weg von zu Hause in den Busch gehen, um Cashewnüsse zu finden. Das waren unvergessliche Erfahrungen der Entbehrung!

Einmal fiel ich von einem Cashew-Baum und brach mir den linken Ellbogen und den Knöchel. Unter Tränen musste ich den ganzen Weg nach Hause humpeln. Es war nicht leicht für mich, doch der Kampf ums Überleben war eine Quelle des Mutes und der Stärke. Ich kann mich nicht erinnern, wie oft ich aus dem Schlaf aufgewacht bin und unter meinem Kopfkissen und unter dem Bett nach einer großen Geldsumme gesucht habe, die ich gerade im Schlaf erhalten hatte. Einmal, als ich noch ein Teenager war, stritt ich mich sogar mit meinem Bruder, weil er mich genau zu dem Zeitpunkt geweckt hatte, als ich vom Gouverneur einen großen Auftrag über einhundertfünfzig Millionen Naira erhielt. Alles schien sehr real zu sein, bis ich durch ein sanftes Klopfen aus dem Schlaf geweckt wurde. Ich fühlte mich so schlecht, dass ich heftig reagierte.

Sie sehen also, was ich meine, wenn ich sage, dass ich meinen eigenen Anteil an der Not hatte. Mein Zustand hat jedoch nie meine Beziehung zu Gott beeinträchtigt. Seit meiner Kindheit schloss ich mich dem Rosenkranz-Block an und glaubte an die Macht des Gebets. So betete ich täglich in der Hoffnung auf eine Veränderung. Dieses Gebet wurde erhört, als einer der populären Telefonnetzwerke des Landes eine Bonanza ankündigte, bei der fünf Personen fünfzehn Millionen Naira erhalten sollten. Die einzige Voraussetzung für die Teilnahme war der Kauf einer Aufladekarte im Wert von mindestens einhundert Naira.

Ich bin von Natur aus sehr ehrgeizig, aber nicht gierig. Deshalb ist es mir immer schwer gefallen zu verstehen, warum sich jemand von Geldverdopplern oder Gaunern betrügen lassen sollte. Gier hindert einen natürlich daran, logisch zu denken. Auch Bonanzas und Lotterien stehe ich skeptisch gegenüber. In der Tat habe ich kein Vertrauen in diese Dinge, weil ich sie immer als dieselbe Gruppe von Geldverdopplern in fortgeschrittener Form betrachte. Vor kurzem habe ich eine Erfahrung mit einem der Netzbetreiber des Landes gemacht. Ich möchte sie mit Ihnen teilen.

Eines Nachmittags erhielt ich einen Anruf, in dem mir mitgeteilt wurde, wie viel Glück ich habe. Ich sei einer von zwanzig Nigerianern, die vierhundertfünfzigtausend Naira gewonnen hätten. Ich war eher überrascht als begeistert. In der Tat war ich verwirrt. Wie war es möglich, dass man einfach so eine riesige Geldsumme gewinnt, ohne sich bewusst oder unbewusst dafür zu bewerben, indem man zumindest die Mindestanforderungen erfüllte? Die Stimme, die die gute Nachricht überbrachte, informierte mich darüber, wie ich meinen Preis abholen sollte. Es war eine männliche Stimme, und der Name war Ahmed, auch wenn er einen Igbo-Abstammung hatte. Er schien in Eile zu sein. Er sagte, ich solle eine bestimmte Nummer anrufen, vollständige Angaben zu meiner Person machen, eine Aufladekarte mit eintausendfünfhundert Naira ausfüllen und abschicken. Dies, so Ahmed, würde dem Büro helfen, mein Geld schnell zu bearbeiten und es auf mein Konto bei einer beliebigen Bank zu überweisen, dass ich per SMS schicken sollte. Sobald dies geschehen ist, werde ich benachrichtigt, wenn mein Geld auf mein Konto oder ein Konto meiner Wahl überwiesen wurde. Sie boten mir auch an, im Büro vorbeizukommen, um den Scheck abzuholen.

Ehrlich gesagt, war ich aufgeregt und mir kamen schnell Dinge in den Sinn, die ich mit der Summe von vierhundertfünfzigtausend Naira machen könnte, aber nach reiflicher Überlegung beschloss ich, zuerst einen alten Freund anzurufen, der zufällig bei demselben

Telefonnetz arbeitet, bei dem ich das Geld gewonnen hatte. Weißt du, was für eine Antwort ich bekam? Du hast recht! Es gab keinen solchen Geldsegen! Erstens: Wenn jemand etwas gewonnen hätte, würde die Telefongesellschaft die betreffende Person direkt über ihre Mobiltelefonnummer kontaktieren und keine Zahlung von ihr verlangen. Außerdem würde die Öffentlichkeit über die Zeitungen und Fernsehsender, insbesondere in den Netznachrichten, ordnungsgemäß informiert werden. Mir wurde geraten, diese Betrugsstars zu ignorieren.

Ich beschloss jedoch, ein Spiel zu spielen. Ich rief Ahmed zurück und bat ihn, mir zu helfen, indem er mir vierhundert Naira Guthaben schickte, damit ich die Nummer anrufen konnte, die er mir gegeben hatte. Ich versprach, das Geld zurückzuzahlen, sobald ich meinen Scheck erhalten hatte. Er hielt eine Weile inne, lachte schelmisch und unterbrach die Verbindung. Ich versuchte es erneut, und eine weibliche Stimme sagte: "Die Nummer, die Sie versucht haben, existiert nicht." Bis heute ist die Nummer nicht mehr erreichbar. Verstehst du, was ich meine? Sie erwischen dich, wenn du gierig bist, weil du Geld verdienen willst, wo du keinen Samen des Opfers gepflanzt hast.

Kehren wir zu unserer ursprünglichen Geschichte zurück, in der es um drei Millionen Naira für fünf Personen ging. Also beschloss ich, eine Aufladekarte zu kaufen, um mich für die Bonanza zu registrieren. Sie werden es nicht glauben, mein Versuch hat sich gelohnt. Meine Nummer erschien in der Zeitung als eine der fünf glücklichen Gewinner von je drei Millionen Naira. Ich konnte es nicht glauben. Das hier ist echt! Später am Abend wurden die Zahlen in den Fernsehnachrichten gezeigt. Zu Hause konnten wir unsere Freude nicht verbergen. Meine ganze Familie brach in Jubel aus. Mit mindestens drei Millionen Naira kann eine Durchschnittsfamilie eine Menge anstellen. Ich werde mir ein Auto kaufen, eine große Villa bauen, einen großen Supermarkt eröffnen und mir dann ein sehr hübsches Mädchen zum Heiraten suchen, obwohl meine Großmutter mir prophezeit hatte, dass ich Priester werden würde.

Ich war immer noch in den Gedanken vertieft, was ich mit meinen drei Millionen Naira machen sollte, während ich auf den wichtigen Anruf wartete, als einige Jugendliche in unser Haus kamen und mich jubelnd in die Höhe hoben, um unser Grundstück herumtanzten und verschiedene Siegeslieder sangen. Ich fühlte mich sehr groß und wichtig. Meine Gefühle wurden nostalgisch, und mir stiegen schnell Tränen in die Augen. In diesem Moment begann mein Telefon zu klingeln. Ja, der alles entscheidende Anruf ist gekommen. Alle hielten inne, als ob der Anruf für alle Anwesenden bestimmt war. Ich ließ das Telefon zum dritten Mal klingeln, bevor ich auf die grüne Taste drückte, die den Empfang anzeigte. Sobald die Stimme am anderen Ende "Hallo!" rief, wachte ich aus meinem Schlaf auf.

Ach du liebe Zeit! Ich hatte wieder geträumt. Mein Fernseher war an, und die Lautstärke war auch laut. Ich war sehr wütend, weil ich gerade drei Millionen Naira an die Traumwelt verloren hatte. Schnell schaltete ich den Fernseher aus und legte mich wieder ins Bett, in der Hoffnung, dass ich den Traum zufällig fortsetzen könnte, aber wie immer entglitt der Schlaf meinen Augen. Meine Freunde, hast du schon einmal einen Löwen gesehen? Nun, ich bin einem begegnet und er hat mich fast getötet.

BEGEGNUNG MIT EINEM LÖWEN

Löwen gehören zu den größten Mitgliedern der Katzenfamilie. Sie haben massive Schultern und starke Vorderbeine, lange, scharfe Krallen und kurze, kräftige Kiefer. Als Fleischfresser ernähren sie sich ausschließlich von dem Fleisch anderer Säugetiere. Sie haben 30 Zähne, darunter große, durchdringende Eckzähne zum Greifen und Töten von Beutetieren, scherenartige Backenzähne zum Schneiden von Fleisch und kleine Schneidezähne zum Schaben von Fleisch von Knochen.

Ich habe wunderbare Geschichten über Löwen gehört, manchmal auch uninteressante, vor allem, wenn es um Angriffe auf Menschen ging. Ich habe auch von Jägern gehört, die im Wald von Löwen angegriffen oder getötet wurden. Einigen mutigen Jägern ist es auch gelungen, Löwen zu töten. Ich habe gedacht, dass Löwen nur in den dichten Wäldern und wilden Büschen leben, aber ich wusste nicht, dass sie sich gelegentlich auch auf den Feldern in der Nähe der Dörfer herumtreiben.

Im Alter von vierzehn Jahren liebte ich Buschfleisch leidenschaftlich, vor allem wenn es wie 'Suya' gebraten wurde. Deshalb ging ich oft mit Gleichaltrigen in den Busch, um Buschfleisch zu jagen. Wir wagten uns nie zu weit weg, da wir immer damit endeten, dass wir Löcher gruben, um Riesenratten zu fangen oder Grasschneider im Busch zu jagen. Unsere Waffen waren Stöcke, Entermesser und Hacken. Manchmal gingen wir mit unseren Hunden mit. Gelegentlich nahmen wir auch getrocknete Palmkernhäcksel, getrockneten Pfeffer und einen kleinen Tontopf als veritable Instrumente mit, die in Kombination einen Rauch erzeugen, der das Tier im Loch nicht nur blendet, sondern auch eine erstickende, pfeffrige Wirkung hat. Dies führt dazu, dass das Tier mit aufgerissenen Augen aus seinem Lebensraum stürmt und benommen und sehr verwirrt aussieht, während wir die Arbeit mit unseren Stöcken oder, wenn nötig, mit dem Entermesser beenden.

Einmal hatte ich meine linke Hand in ein großes Loch gesteckt, in der Hoffnung, das Tier darin am Schwanz zu packen, aber stattdessen spürte ich eine glatte, kalte Haut. Ich konnte mir nicht vorstellen, was es war. Aber was auch immer es war, wir brauchten einfach ein Buschfleisch. Also setzten wir Rauch und Pfeffer ein. Innerhalb weniger Augenblicke erschraken wir so sehr, dass eine große Kobraschlange aus dem Loch kroch. Wahrscheinlich hatte sie das Tier, das das Loch bewohnte, verschluckt und wartete darauf, verdaut zu werden, als unser gepfefferter Rauch ihre friedliche Ruhe störte. Wir erholten uns schnell von diesem Schock und stürzten uns mit unseren Stöcken auf die Schlange. Ihr könnt euch vorstellen, was dann passierte. Wartet einen Moment! Bildet euch nicht zu viel ein, denn ich esse kein Schlangenfleisch. Wir haben ihr einfach den Kopf abgeschlagen und sie mit nach Hause genommen.

Wir verkauften ihn an einen alten Mann, der gerne Schlangenfleisch aß.

Das Jagdabenteuer war immer lustig, aber auch anstrengend. Wir gingen oft schon um 7 Uhr morgens los und kamen um 15 Uhr zurück. An unseren Glückstagen erlegten wir vier bis fünf Stück Buschfleisch wie Kaninchen, Grasschneider, Eichhörnchen usw. Manchmal verließ uns das Glück, und wir kamen mit leeren Händen und niedergeschlagen nach Hause zurück. Das hielt uns jedoch nicht davon ab, es am nächsten Tag erneut zu versuchen. Dieser Jagdausflug dauerte nur so lange, wie wir in den Ferien waren. Sobald wir wieder in die Schule gingen, hörte die Jagd auf, und das Studium wurde wieder aufgenommen.

Ich hätte nie gedacht, dass ich einmal in meinem Leben einem Löwen begegnen würde, zumindest nicht als Teenager. Natürlich habe ich im Zoo in einem Käfig einige aus nächster Nähe gesehen, aber nie im Busch. Doch kurz vor dem Ende unserer Weihnachtsferien gingen wir wie üblich auf die Jagd, aber das Wetter war ungewöhnlich für diese Jahreszeit. Der Himmel war hell, doch es schien, als würde es regnen; außerdem war die Luft trocken mit dem üblichen Harmattan-Wind. Wir ignorierten diese scheinbaren Warnzeichen der Götter und wanderten in den Busch. Wir waren zu viert und keiner unserer Hunde begleitete uns. Voller Zuversicht auf eine große Beute gingen wir ruhig in den Busch. Meine Intuition warnte mich, aber ich ignorierte sie.

Plötzlich sah ich ein Loch, das aussah wie das Zuhause einer Riesenratte. Es war noch frisch und der Fußabdruck, den wir sahen, verriet, dass es höchstwahrscheinlich bewohnt war. Wir freuten uns und machten uns schnell daran, das Loch zu graben, wobei wir sorgfältig nach einem Ausgang Ausschau hielten. Wir standen mit unseren Stöcken in der einen und dem Entermesser in der anderen Hand bereit, während eine Person das Loch mit der Hacke aushob.

Wir waren so vertieft in das Loch und seinen Bewohner, dass keiner von uns das große Tier sah, das aus dem Busch direkt auf uns zukam. Ich konnte meinen Augen nicht trauen, als ich es sah.

Solomon war der erste, der rief: "Es ist ein Löwe!!!!".

"Ein Löwe?" hatte ich verwirrt erwidert.

Ich wusste, dass ich sterben würde! Wie sollte ich mit meinen kleinen Händen und einem stumpfen Entermesser einem Löwen gegenübertreten! Ich hatte solche Angst, dass ich spürte, wie der Urin durch meine Hose an meinem linken Bein hinunterlief. Ich wünschte, es wäre ein Traum, aber das war es nicht, denn der Löwe bewegte sich langsam auf uns zu, als wolle er entscheiden, wer von uns zuerst gefressen werden sollte.

Plötzlich nahmen wir alle gleichzeitig die Beine in die Hand und versuchten, den anderen auszustechen. Sicherlich würde die letzte Person die erste Wahl des Löwen als Futter sein. Zuerst rannten wir alle geradeaus, und ich blieb zurück. Der Abstand zwischen uns und dem Löwen war nicht groß. Als ich merkte, dass der Löwe mich einholte, machte ich einen Fehler, den ich für selbstmörderisch hielt. Ich bog nach rechts ab und rannte blindlings weiter. Das wilde Tier bog ebenfalls nach rechts ab und verfolgte mich. In diesem Moment erkannte ich meinen Fehler. Ich war erledigt! Mir blieb kaum Zeit, um zu schreien und um Hilfe zu rufen, während ich rannte. Es war eine vergebliche Mühe, denn ich wusste, dass ich innerhalb eines kurzen Augenblicks in einer Lache meines eigenen Blutes liegen würde und mein Fleisch einem hungrigen Löwen als schweres Mittagessen dienen würde.

Löwen griffen nur selten Menschen als Beute an, es sei denn, sie wurden provoziert oder waren sehr hungrig. Letzteres war die Leichtigkeit. Der Löwe war tatsächlich sehr hungrig! Intuitiv sprang ich und hielt mich an einem niedrigen Ast eines Baumes fest und begann, schnell nach oben zu klettern, wobei ich darauf achtete, nicht zu fallen, in der Hoffnung, der Löwe würde enttäuscht sein und beschließen, mich in Ruhe zu lassen. Er könnte aber auch beschließen, mich so lange zu belagern, bis ich freiwillig oder unfreiwillig herunterkam. Spätestens dann wären meine Freunde mit der Schreckensnachricht eines Löwenangriffs nach Hause gekommen und hätten wahrscheinlich angenommen, dass ich bereits tot sei. Die Dorfbewohner würden dann eine Gruppe junger Männer schicken, um den Löwen zu töten und mich zu retten oder die Reste meines Kadavers einzusammeln.

Während ich auf Rettung hoffte, überlegte der Löwe, wie er auf den Baum klettern und mich herunterreißen könnte. Ich war schockiert, als der Löwe begann, auf denselben Baum zu klettern. Schnell bewegte ich mich weiter hinauf zur Spitze des Baumes. Allmählich fand das wilde Tier seinen Weg zu dem Ast, auf dem ich jetzt saß. Es war ein winziger Ast, und ich wusste, dass jedes zusätzliche Gewicht ihn brechen lassen würde.

Ich hatte große Angst, nicht vor den Verletzungen, die ich mir bei einem Sturz aus dieser Höhe zuziehen würde, sondern davor, was der Löwe mit meinem Fleisch anstellen würde. Ich schloss einfach meine Augen und wartete auf ein Wunder. Irgendwie wusste ich, dass ich am Ende meiner Tage angelangt war. Ich weinte wie ein Baby, aus Verzweiflung.

Plötzlich begann der winzige Ast, auf dem ich hockte, zu knarren, als er das zusätzliche Gewicht des Löwen spürte, der jetzt ganz dicht hinter mir war. Ich konnte nichts tun, denn jede kleine Bewegung bedeutete eine Gefahr für den kleinen Ast. Ich begann zu beten, ohne wirklich zu wissen, was ich zu Gott sagen sollte.

Als der Löwe sich auf mich stürzen wollte, gab der Ast unter dem schweren Gewicht nach und brach ab. Das Echo meines letzten

Schreis drang an meine Ohren, als wir uns auf einen langen Abstieg zum Fuß des Baumes begaben. Mein Herz hüpfte mitten in der Luft, und ich verlor das Bewusstsein. Ich landete mit einem dumpfen Aufprall auf dem Boden, und ein stechender Schmerz weckte mich aus dem Schlaf. Zu meinem großen Entsetzen stellte ich fest, dass ich aus meinem Bett gefallen war. Ich stieß einen Seufzer der Erleichterung aus und dankte Gott, dass es ein Traum war. Schnell kletterte ich wieder in mein Bett und stillte den Schmerz, der von dem kleinen blauen Fleck an meiner linken Hand herrührte. Mein Schmerz verwandelte sich in Wut, als ich entdeckte, dass mein Bett nass war. Das Wasser, das aus meinen Hosenbeinen geflossen war, hatte tatsächlich mein Bett nass gemacht. Ich konnte es nicht fassen! Gehen Sie noch nicht. Lass uns mit Herrn Okeke zu einer Wahrsagerin gehen. Bitte gibst du Herrn Okeke nicht die Schuld für das, was in unserer nächsten Geschichte passiert. Es war eine Sache des Schicksals.

DIE WAHRSAGERIN

Herr Okeke liebte Hunde über alles. Er hatte fünf große Hunde verschiedener Rassen. Aber sein Liebling war Tusky, ein sanfter, alter, schöner Hund. Tusky verbrachte ihre Tage damit, in der Nachbarschaft mit kleinen Kindern zu spielen. Nachts ruhte sie friedlich auf einer Wiese. Jeder liebte Tusky. Eines kalten Morgens ging Herr Okeke zu einer Wahrsagerin, um herauszufinden, was aus seiner Familie in nächster Zukunft werden würde.

Kaum war er eingetreten, musterte ihn die Wahrsagerin eine Weile und sagte dann. "Ich sehe den Tod auf deinem Weg, dein Lieblingshund wird dir den Tod bringen. Ich weiß nicht, wann, aber es wird bald geschehen. Du musst vorsichtig sein."

Herr Okeke lachte, denn die Vorstellung, dass sein Hund die Ursache für seinen Tod sein könnte, klang komisch und unglaublich.

Der Hund war so sanft wie eine Taube. Doch von da an erinnerte er sich jedes Mal, wenn er den Hund sah, an die Warnung der Wahrsagerin. Er überlegte, was er mit dem Hund tun könnte, um ihn loszuwerden, denn er konnte das friedliche und sanfte Tier nicht töten.

Eines Abends traf Herr Okeke einen alten Mann, der auf der Suche nach einem Hund war, den er als Gefährten kaufen konnte. Er verkaufte ihn freudig, weil er allmählich Angst vor der Erfüllung der Prophezeiung der Wahrsagerin bekam.

"Wenigstens würde die Vorhersage der Wahrsagerin nicht mehr eintreten, Tusky würde nicht mehr da sein, um mich zu töten." dachte er bei sich. Trotzdem würde er den Hund sehr vermissen.

Sechs Monate später traf Herr Okeke denselben Mann, der Tusky gekauft hatte, und erkundigte sich nach dem friedlichen Hund. Der Mann schüttelte traurig den Kopf und teilte ihm die traurige Nachricht mit.

"Tusky war krank und wurde gewalttätig. Er bellte ständig, war sehr aggressiv und weigerte sich zu fressen. Obwohl die Kinder Tusky sehr liebten, musste ich sie erschießen, um ihr Elend zu beenden", schloss der Mann.

Herr Okeke war traurig, atmete aber erleichtert auf. Er hatte sich gefragt, ob Tusky ihn auf irgendeine verrückte Art und Weise, durch einen seltsamen Unfall, umbringen könnte. Jetzt war es vorbei, der Hund konnte ihn niemals töten. Wenigstens würde die Prophezeiung nie in Erfüllung gehen.

"Wo wurde sie begraben?" Er erkundigte sich.

"Da drüben in einer Grube, nicht weit von hier", antwortete der Mann.

"Ich würde gerne die Leiche sehen und mich von ihr verabschieden. Sie war meine beste Freundin".

Die Leiche von Tusky war nicht begraben, sondern in eine flache Grube in einer entfernten Ecke des Busches geworfen worden. Herr Okeke kniete nieder, trennte den von der Sonne zerfressenen Schädel seines Lieblingshundes und nahm gefühlvoll Abschied. In diesem Moment geschah etwas Schreckliches. Es geschah blitzschnell, und Herr Okeke hatte keine Zeit zu reagieren. Eine Klapperschlange, die sich im Schädel des Hundes eingenistet hatte, schlug plötzlich zu und versenkte ihre Reißzähne in Okekes linker Hand.

Mit einem lauten Schrei sprang er auf und hielt sich das linke Handgelenk. Es herrschte ein wenig Verwirrung darüber, was mit der Hand geschehen sollte. Okeke wurde allmählich schwach, als das Gift in seinen Blutkreislauf einzudringen begann. Er begann wie ein Baby zu weinen, als er sich an die Vorhersage der Wahrsagerin erinnerte, dass sein Lieblingshund seinen Tod verursachen würde. Im Stillen betete er zu Gott, er möge ihn vor dem Tod bewahren. Seine Sicht wurde unscharf und das Atmen fiel ihm schwer. Er wusste, dass der Tod unmittelbar bevorstand. Er legte sich sanft und schwer atmend in den Sand und wartete auf seinen letzten Moment.

Ein Plätschern von kaltem Wasser weckte ihn aus seinem Schlaf. Er war beim Zeitungslesen in seinem Wohnzimmer eingenickt. Seine kleine Tochter hatte ihn versehentlich mit Wasser bespritzt. Er blickte in das verängstigte Gesicht seiner kleinen Tochter und schenkte ihr ein sanftes Lächeln. Er war nur dankbar, dass sie ihn aus diesem bösen Traum geweckt hatte.

"Gott sei Dank war es ein Traum", hatte er im Stillen gebetet.

Die Natur hat eine Art, ihre Pläne in die Tat umzusetzen. Ich hoffe nur, dass Sie morgen nicht zu einer Wahrsagerin gehen werden. Schauen wir uns das Leben der Studenten an. Bitte geben Sie in unserer nächsten Geschichte nicht Chuka die Schuld. Es war einfach das Schulleben.

LEBEN IN DER SCHULE

Es war ein regnerischer Tag in dem kleinen Dorf Obioma in Nigeria. Der Morgen war ruhig, bis auf ein paar Marktfrauen, die eilig zum Markt eines Nachbardorfes liefen. Es war üblich, dass die Frauen zum Nkwo-Markt am Rande des Dorfes Obioma gingen, um Lebensmittel wie Kokosnuss, Maniok, Wegerich usw. zu kaufen. Diese verkauften sie am nächsten Tag auf dem lokalen Eke-Markt im Dorf an ihre eigenen Leute. Die letzte Gruppe von unbedarften Schülern eilte ebenfalls zur Schule. Einige rannten zum Haupteingang der Schule, nur um die Sympathie des Schulleiters zu gewinnen, der zusammen mit einigen anderen Präfekten mit Stöcken in den Händen wie die Dorfmaskeraden am Tor stand. Das war eine tägliche Routine in der kommunalen Sekundarschule, die am Rande des Dorfes in der Nähe des Marktes liegt. Wer zu spät kam, bekam oft sechs Stockhiebe und ein wenig Arbeit als Strafe für die Verspätung.

Chuka hasste den Rohrstock mit Leidenschaft. Er mochte es nie, ausgepeitscht zu werden. In der zweiten Klasse der Junior Secondary (JSS2) hatte er eine Gruppe von vier Jungen gebildet. Sie waren alle gleichaltrig und nannten sich "die guten Jungs". Manchmal übersprangen sie den Zaun hinter der Schule, um die Schule zu betreten und dem Rohrstock der Präfekten am Tor zu entgehen. Ein anderes Mal beschlossen sie, auf die Jagd zu gehen und Eidechsen und Eichhörnchen zu töten, anstatt ein paar Schläge mit dem Rohrstock zu erhalten und in die Klasse zu gehen, um für den Tag zu lernen. Manchmal rannten sie auch im Gebüsch herum und genossen Mangos und andere Früchte. Am Ende des Tages zogen sie ihre Schuluniformen an und gingen wie alle anderen Schüler müde und erschöpft nach Hause.

An diesem regnerischen Morgen beschlossen Chuka und seine Cousine Emma, statt der Schule im Busch auf Tierjagd zu gehen. Schnell zogen sie ihre Jagdkleidung an, falteten ihre Schuluniformen in ihre Schultaschen und versteckten die Taschen auf einem Baum. Im Busch hatte der Regen aufgehört, die einzigen Geräusche waren das Rascheln von Blättern und ab und zu das Zwitschern eines Vogels. Sie gingen weiter, immer tiefer in den Busch hinein, in der Hoffnung, dass sie Glück haben würden. Bald kam das Glück, und vor ihnen stand ein fetter Grasschneider.

Sie verfolgten ihn mit all ihrem Eifer, tauchten und verfehlten ihn. Sie waren sehr entschlossen und verfolgten den Grasschneider weiter. Plötzlich war das Tier verschwunden. Es hatte eine scharfe Biegung hinter einem Baum gemacht und war verschwunden. Chuka war so wütend, dass er Emma vorwarf, nicht schnell genug gerannt zu sein, obwohl er getaucht war und es verfehlt hatte. Emma reagierte nicht; auch er war wütend.

Chuka blieb stehen, als er nach unten blickte, wo zu seinen Füßen eine alte Trommel lag. "Siehst du, es ist eine schöne alte Trommel". sagte er und deutete auf die Trommel.

"Warte, da sind Blutflecken drauf. Bitte fass sie nicht an", hatte Emma seinen Cousin angefleht. "Jemand muss sie hier gelassen haben, damit wir damit spielen können." erwiderte Chuka spielerisch, als er die alte Trommel hochhob.

"Lass uns von hier verschwinden, ich spüre Gefahr!" Emma schrie Chuka an, der von der Trommel hypnotisiert zu sein schien.

Chuka setzte sich hin und hielt die Trommel zwischen seinen Beinen. Er schlug erst mit der einen, dann mit der anderen Hand darauf, erst langsam, dann immer schneller, als ob er von einer äußeren Kraft gesteuert würde. Plötzlich ertönten im Gebüsch Schreie aus verschiedenen Richtungen. Vor ihnen tauchten große, dunkel aussehende Tiere hinter den Bäumen auf und standen direkt vor ihnen. Diese wilden Tiere verschiedener Art rannten auf sie zu.

"Emma, lass uns gehen.... Lauft schnell!" rief Chuka, warf die Trommel weg und begann zu rennen.

Emma war schneller und sie rannten in eine Richtung. Die wilden Tiere sahen wütend und hungrig aus. Panik ergriff die beiden Jungen. Wohin sollten sie rennen? Selbst Schreien konnte sie jetzt nicht mehr retten. Als Emma überlegte, wie sie am besten aus dem dichten Busch entkommen könnte, stieß er mit dem Bein an einen Baumstumpf und fiel hin. Chuka rannte an ihm vorbei und drängte ihn, aufzustehen und weiterzulaufen. Aber es war zu spät für Emma, denn er begann vor Schmerzen zu schreien. Die wilden Tiere verschlangen sein Fleisch. Chuka wusste, dass sein Bruder tot war, und er rannte schneller, da er wusste, dass einige der Tiere ihn noch immer verfolgten.

An einer Klippe auf der Spitze des Hügels kam er zum Stehen. Er hatte nun die Wahl zwischen den wilden Tieren und dem Sprung von der Klippe. Er entschied sich ohne zu zögern für die zweite Möglichkeit.

Chuka fiel in Ohnmacht, als er auf dem Boden landete. Er hatte großes Glück, dass er mit einem gebrochenen Genick überlebt hatte. Als er einige Augenblicke später aufwachte, stellte er fest, dass er von einem Cashew-Baum gefallen war, in dem er sich vor den Präfekten der Schule versteckt hatte. Seine Mitschüler trugen ihn nach Hause, von wo aus er später in ein Krankenhaus gebracht wurde.

Was für eine wunderbare Art, sich vor dem Rohrstock zu verstecken. Zum Glück gab es die wilden Tiere nur im Traum.

An dieser Stelle möchte ich eine einfache Frage stellen.... "Was kann man für Geld tun?" Warst du schon einmal im Zoo? Warten Sie einen Moment, seien Sie noch nicht aufgeregt. Ich habe nicht vor, mit Ihnen in den Zoo zu gehen. Mein Freund Alex hat einen Job in einem Zoo bekommen und sein Leben hat sich verändert. Finden wir heraus, was in unserer nächsten Geschichte passiert ist.

ARBEITEN IM ZOO

Ich habe Jugendliche bei Einkehrtagen oder Konferenzen oft gefragt, was sie nicht für Geld tun können. Es mag unglaublich klingen, aber es ist wahr, dass es keinen Job auf der Welt gibt, den die Jugendlichen nicht machen können. Während des Weltjugendtags in Australien traf ich einen Jugendlichen aus Mexiko, der mir diese Geschichte erzählte.

Alex war 26 Jahre alt und brauchte um jeden Preis einen Job. Er wollte Geld auftreiben und die Schwester seines Freundes heiraten, die nur zugestimmt hatte, wenn er die Mitgift bezahlen konnte. Eines Tages ging er in den Zoo und flehte den Direktor an, ihm einen Job zu geben, und versprach, alles für einen Job zu tun. Der Direktor sah ihn kritisch an und nickte.

Die größte Attraktion des Zoos, ein Gorilla, war gerade in dieser Woche gestorben, und man brauchte dringend einen Ersatz. Aus bestimmten Gründen war es schwierig, sofort einen gut ausgebildeten Gorilla als Ersatz zu finden. Daher bot der Direktor Alex an, ihm jeden Monat zweitausend Dollar zu zahlen, wenn er sich in das Fell des Gorillas kleiden und so tun würde, als wäre er der echte Gorilla, damit die Leute weiterhin in den Zoo kommen würden, ohne den Tod des Tieres zu bemerken. Der junge Mann war verängstigt, brauchte aber das Geld. Also willigte er ein und ging im Gorillakleid in den Käfig.

Die Zoobesucher waren überglücklich, ihren Lieblingsfreund zu sehen, und alle jubelten ihm zu. Alex verbeugte sich vor den Besuchern und begann eine Show zu veranstalten: Er sprang herum, schlug sich auf die Brust, brüllte und schwang sich mit seinen akrobatischen Vorführungen durch den Käfig. Der Direktor war so zufrieden mit der Leistung des jungen Mannes, dass er sein Gehalt am Ende des Monats auf zweitausendfünfhundert Dollar erhöhte. Alex war ebenso glücklich, und am Wochenende, als der Zoo mit Besuchern aus verschiedenen Orten gefüllt war, beschloss er, seinen Manager mit weiteren atemberaubenden Auftritten und akrobatischen Vorführungen zu beeindrucken. Bei einem akrobatischen Versuch verlor er das Gleichgewicht und landete mitten im Löwenkäfig.

Als er betäubt dalag, brüllte der Löwe und begann, auf den Gorilla zuzugehen. Der Gorilla stand schnell auf, rannte zum Ende des Käfigs und brüllte.

"Hilfe, Hilfe, rettet mich!"

Als der Löwe diesen Hilferuf hörte, rannte er zu ihm hinüber, legte seine Pfoten auf die Brust des Gorillas, zischte einen Seufzer der Erleichterung und flüsterte mit leiser Stimme: "Du bist besser still und machst mit der Show weiter, sonst verlieren wir beide unseren Job!" Der Gorilla war schockiert, denn der Löwe wirkte so echt, dass er dachte, er würde verschlungen werden. Schnell umarmte er den Löwen und sagte: "Ich bin Alex aus Mexiko."

"Ich bin Sunday aus Nigeria. Ich hoffe, wir sehen uns nach der Arbeit, aber du siehst wirklich wie ein Gorilla aus und hast mich sogar erschreckt."

Alex und Sunny beschlossen, gemeinsam eine Show für die Zuschauer zu veranstalten, die sich im Löwenkäfig versammelt hatten, um zu sehen, was mit dem Gorilla passieren würde. In diesem Moment wachte Alex aus seinem Schlaf auf und stellte zu seinem Entsetzen fest, dass er im Klassenzimmer döste.

Der Mathematiklehrer hatte sein Thema für heute beendet, und die Schüler waren dabei, ihre Aufgaben zu schreiben. In der Klasse war es still, bis auf ein paar Schüler, die sich um einen berüchtigten Krachmacher versammelt hatten und die Zeit verplauderten.

"Gott sei Dank war es ein Traum!" hatte Alex ausgerufen, als er erleichtert aufatmete und sein Buch in die Hand nahm, um zu lesen.

DER ANGRIFF DER VAMPIRE

Ich saß in einem Zug auf dem Rückweg von einer Konferenz in Lagos. Das letzte Mal, dass ich in einem solchen Zug gesessen hatte, war, als ich ein kleiner Junge war und wir nach Kano fuhren, wo mein Vater als Polizeibeamter arbeitete. Der Zug war alt und schien eine Menge Lärm zu machen. Ich begann mich zu fragen, warum ich mich überhaupt entschlossen hatte, in den Zug von Lagos nach Enugu zu steigen. Das war einfach Wahnsinn. Ich hatte mehrere

Möglichkeiten für meine Reise: luxuriöse Busse, Pendlerbusse, Limousinen oder sogar einen Flug. Die Firma, für die ich arbeitete, war bereit, den Flugpreis zu zahlen. Alles, was ich tun musste, war, mich für ein bestimmtes Reisemittel zu entscheiden. Der Zug kam an einem Bahnhof zum Stehen, und wie üblich stiegen viele Leute ein und nur sehr wenige aus. Ich war nicht zufrieden.

Die Fahrt schien sehr langsam zu sein. Als ich mich umsah, erhaschte ich durch das Fenster einen Blick auf sie. Ich war ein wenig schockiert. Ich hatte nicht damit gerechnet, sie hier zu sehen. Ich hatte sie auf der Konferenz kennen gelernt und mich in ihre Schönheit verliebt. Sie hatte sich als Amarachi vorgestellt. Sie hatte diesen fesselnden Geist, der einen hypnotisiert, sobald man ihr in die Augen schaut. Aber als ich genauer hinsah, erkannte ich, dass es jemand anderes war.

Ich war enttäuscht, als ich merkte, dass es nicht das Mädchen war, das ich erwartet hatte. Ich beschloss, meine Gedanken von der Umgebung abzulenken und an zu Hause zu denken. Ich hatte vor kurzem ein neues Stück Land im Herzen der Stadt Enugu gekauft und musste es so schnell wie möglich bebauen. Aber das Geld kam nicht so, wie ich es erwartet hatte. Das wenige Geld, das ich von der Konferenz bekam, sollte in die Erschließung des Grundstücks fließen. Ich betete einfach, dass noch mehr Konferenzen stattfinden würden und mehr Geld einträufeln würde. Meine Aufmerksamkeit richtete sich auf die junge Frau, die ich soeben gesehen hatte. Sie hatte den Zug betreten und saß mir direkt gegenüber. Ich blickte ihr bewundernd in die Augen, aber sie sah mich mit einem distanzierten Blick an, der mich vermuten ließ, dass sie beunruhigt war. Plötzlich schien die ganze Schönheit aus ihrem Gesicht verschwunden zu sein. Ich sagte mir, dass sie entweder in Schwierigkeiten war oder jemand, den sie kannte, in

Schwierigkeiten war. In jedem Fall war sie beunruhigt, und ich konnte es in ihren Augen lesen.

Der Zug setzte sich allmählich in Bewegung, und ich war froh, dass wir diesen Bahnhof verließen und ich in ein paar Stunden zu Hause ankommen würde. Als mir der Wind ins Gesicht blies, war ich nicht nur froh über die frische Luft, sondern auch über die kühlende Wirkung auf meine ohnehin schon heiße Körpertemperatur. Nach ein paar Minuten wurde ich schläfrig. Aber die Angst ließ mich nicht schlafen. Ich habe schon mehrere Geschichten von Menschen gehört, die ihr Hab und Gut in einem Zug oder Bus verloren haben, weil sie während der Fahrt eingeschlafen waren. Der Gedanke, mein Geld zu verlieren, veranlasste mich, meine Tasche zu umklammern, die die ganze Zeit über auf meinem Schoß gesichert gewesen war.

Plötzlich gab es einen großen Knall, der den Zug erschütterte, und alle zitterten vor Angst. Ich schaute aus dem Fenster und sah einige junge Männer und Frauen, die wie Vampire aussahen, aus dem Busch auf unseren Zug zu rennen. Ich wusste, dass wir in Schwierigkeiten steckten, und es wurde bereits dunkel. Ihre Zähne waren lang und scharf und ihre langen Fingernägel konnten die Haut eines jeden Opfers durchbohren. Ich konnte nicht glauben, dass dies wirklich passiert war. Ich habe solche Kreaturen in Westernfilmen gesehen, aber ich habe nie geglaubt, dass sie echt waren. Es war offensichtlich, dass unser Zug von den Vampiren angegriffen wurde. Ich war sehr verwirrt und schien nicht mehr zu wissen, was ich tun sollte.

Ich wollte weglaufen und in den Busch auf der anderen Seite des Zuges fliehen. Als ich aus dem Fenster auf der anderen Seite des Zuges schaute, sah ich eine Menge Schlangen im Gebüsch herumkrabbeln. Ich traute meinen Augen nicht, denn sie waren so zahlreich. Ich musste mich zwischen den Schlangen und den

Vampiren entscheiden. Inzwischen waren die Vampire schon durch die Fenster in den Zug geklettert. Sie bissen einfach alle und saugten ihnen das Blut aus. Ich rannte zum hinteren Teil des Zuges, zusammen mit vielen anderen, die sich dort als letzte Hoffnung versammelt hatten. Ich dachte daran, aus dem Zug auf die andere Seite zu springen, aber die Angst vor den Schlangen ließ mich das nicht tun. Ich beschloss, gegen die Vampire zu kämpfen. Aber ich hatte keine Waffe, mit der ich kämpfen konnte. Ich würde meine bloßen Hände benutzen und kämpfen. Das schöne Mädchen, das neben mir im Zug saß, war bereits tot. Die Vampire hatten ihr das Herz herausgerissen und ihr das Blut ausgesaugt. Überall auf dem Boden war Blut und viele Leichen lagen herum. Es war bereits dunkel, und ich konnte kaum noch das Gesicht der Person neben mir erkennen. Ich brauchte dringend eine Taschenlampe, aber ich hatte sie versehentlich in meiner Handtasche vergessen, und die Tasche lag auf meinem Sitz. Mein Instinkt sagte mir, dass es zu gefährlich wäre, zu meinem Platz zurückzukehren. Bei näherem Nachdenken kam mir eine Idee. "Ich verstecke mich unter dem Eisensitz neben mir." dachte ich bei mir. Es war eine wunderbare Idee.

Als ich mich unter den Sitz legte, spürte ich, wie sich jemand an meinem Knöchel festhielt. Ich zitterte vor Angst und strampelte hysterisch, aber je mehr ich strampelte, desto fester griff die Hand zu. Wer auch immer es war, er hatte nur eine Aufgabe: mich unter dem Sitz hervorzuziehen. Ich war noch nicht bereit, zu sterben. Ich begann zu kämpfen und trat mit noch größerer Entschlossenheit. Dann geschah meine größte Angst. Ich spürte, wie weitere Hände meine beiden Beine packten und mich aus meiner sicheren Zone zogen. Sie waren jetzt stärker, und ich spürte die Vergeblichkeit des Kampfes. Ich begann zu weinen und flehte sie an, mein Leben zu verschonen. Ich vergaß, dass ich mit Vampiren sprach, die auf der Suche nach frischem Blut waren.

Plötzlich spürte ich einen scharfen Schmerz in meinem linken Bein. Ich spürte, wie die scharfen Zähne in mein Fleisch bissen. Es tat so weh, dass ich aus dem Schlaf aufwachte. Ich war in meinem Arbeitszimmer eingenickt. Ich schaute auf die Uhr und es war 3:25 Uhr. Ich stand auf, ging in mein Bett und schlief weiter in der Hoffnung, dass der Vampirtraum nicht weitergehen würde. Gott sei Dank war es nur ein Traum.

BOKO HARAM

Ich hatte schon von mehreren Angriffen der Boko-Haram-Terroristen auf Christen gehört, aber wir hätten nie gedacht, dass wir an diesem schicksalhaften Sonntagmorgen selbst an der Reihe sein würden. Ich hatte gerade die Zulassung zum Studium des Bauingenieurwesens an der Universität von Maiduguri erhalten. Die Dinge waren nicht einfach, aber das Leben war für uns als Familie überschaubar. Meine Eltern waren überzeugte Christen und haben nie damit gespielt, am Sonntag in die Kirche zu gehen. Mein Vater war sogar Chorleiter, und der Priester war ein sehr interessanter Mann, dem man begegnen konnte. Seine Predigt war immer lebendig und mit interessanten Geschichten ausgeschmückt, die einen bis zum Ende der Predigt fesselten. Seine Stimme war so klangvoll, dass man sich wünschte, er würde während der ganzen Messe weitersingen. Kein Wunder, dass die Kirche immer voll war. Obwohl es Gerüchte gab, dass sogar die Muslime oft in unsere Kirche kamen, um unserem Priester zuzuhören. Ich freute mich immer auf die Sonntage.

Die Kirche war nur eine Meile von unserem Haus entfernt. Meine Familie bevorzugte die 8-Uhr-Messe, und an diesem Sonntag war mein Vater zu Hause geblieben, um der letzten Messe um 10 Uhr beizuwohnen, weil nach der Messe eine Sitzung des Kirchenvorstands in den Räumlichkeiten der Kirche stattfinden sollte. Als wir zur Kirche eilten, hörten wir aus den Lautsprechern die Stimme des Katecheten, der die Messintentionen für den Tag verkündete. Ich hoffte, dass niemand meinen üblichen Platz in der vorderen Kirchenbank besetzen würde, wo ich sitzen und dem Priester bei der Vorführung einiger seiner interessanten Geschichten zusehen würde.

Plötzlich hörten wir sporadische Schüsse hinter uns. Ich war einen Moment lang wie gelähmt vor Schreck, als ich einige junge Männer in Militäruniform mit Gesichtsmasken auf Motorrädern auf uns zukommen sah. Wir rannten in ein Gebäude am Straßenrand, um uns in Sicherheit zu bringen. Ich beobachtete, dass alle im Gebäude durch die Hintertür in den nahen gelegenen Busch liefen, und wir schlossen uns ihnen an. Bald hörten wir schwere Explosionen, und wir wussten, dass der Angriff schlimmer war, als wir uns vorgestellt hatten. Die Schüsse hörten nicht auf, und die Menschen schrien und weinten vor Schmerz. Wir konnten ihre Schreie aus dem Busch hören, wo ich, meine Geschwister und einige Nachbarn sich versteckt hielten. Mir wurde klar, dass meine Mutter nicht bei uns im Busch war. Ich hatte große Angst und betete, dass ihr nichts zustoßen würde.

Wir blieben den ganzen Tag im Busch, bis einige Soldaten kamen, die uns sagten, dass sie nicht zu Boko Haram gehörten, und uns in die Armeekaserne in der Baga Road in Sicherheit brachten. Dort waren auch viele Menschen, sowohl Christen als auch Muslime, und wir blieben alle als Flüchtlinge auf einem großen Feld. Unsere Freiheit war stark eingeschränkt, und wir waren hilflos mit sehr wenig Geld (das für die Kollekte bestimmt war) und ohne Ersatzkleidung oder Toilettenartikel, wir brauchten dringend Hilfe. Schon bald kam Hilfe von gutmütigen Einzelpersonen und Wohltätigkeitsorganisationen. Nach drei Tagen erfuhr ich von einigen Verwandten, dass mein Vater bei der Explosion der Bombe im Haus gestorben war. Das Gebäude war über ihm zusammengebrochen. Wir hatten alles verloren. Ich weinte bitterlich und unkontrolliert.

Eine Woche später erfuhren wir, dass die Sekte Boko Haram das gesamte Dorf, in dem wir lebten, eingenommen hatte. Wir konnten nicht mehr dorthin zurückkehren. Es gab eine Massenflucht, denn viele Christen schienen die Stadt Maiduguri zu verlassen. Mit Hilfe eines Soldaten, der uns einen Platz in einem mit Waren beladenen Anhänger bezahlte, der in den Osten fuhr, gelang es uns, nach

Enugu zurückzukehren. Ich war sehr froh, lebendig nach Hause zu kommen. In der gleichen Nacht, als ich mit meinen Geschwistern im Wohnzimmer lag, hörte ich Schüsse und eine Frau schrie. Ich hatte große Angst und wollte weglaufen, merkte aber, dass ich meine Beine nicht bewegen konnte. Ich versuchte, von dem Sofa aufzustehen, auf dem ich lag, aber ich konnte keinen meiner Knochen bewegen. Ich geriet in Panik, als die Schüsse weiter fielen und immer mehr Menschen schrien. Plötzlich sprang ich mit großer Anstrengung auf und entdeckte, dass mein Fernseher eingeschaltet war und ein Kriegsfilm lief. Ich schaute mich um und dankte Gott, dass das alles nur ein Traum war. Ich sprach leise ein kurzes Gebet und schlief wieder ein. Ich hatte nicht vergessen, den Fernseher auszuschalten.

www.ingramcontent.com/pod-product-compliance
Lightning Source LLC
LaVergne TN
LVHW020529160826
845677LV00015B/3988

* 9 7 9 8 3 5 1 1 3 6 6 1 5 *